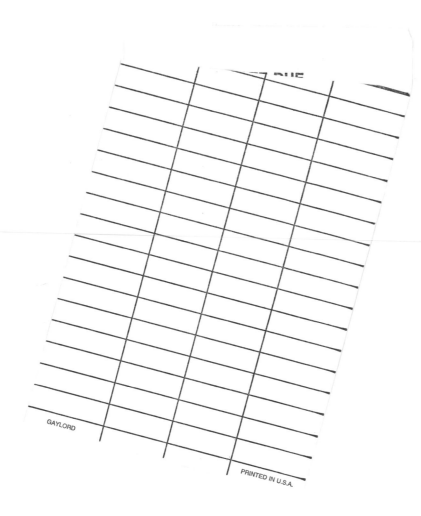

Por qué Noé eligió la paloma

Isaac Bashevis Singer

Por qué Noé eligió la paloma

Ilustraciones de Eric Carle

Traducido al español por

Aída E. Marcuse

Mirasol/*libros juveniles*

Farrar, Straus and Giroux

New York

Cuando los hombres pecaron y Dios decidió castigarlos con el diluvio, todos los animales se congregaron junto al arca de Noé. Noé era un hombre justo y Dios le había dicho cómo salvarse a sí mismo y a su familia, construyendo un arca que flotaría y los albergaría cuando subieran las aguas.

Los animales habían oído el rumor que Noé llevaría consigo en el arca tan sólo a las mejores entre las criaturas vivientes. Así que, en cuanto llegaron, empezaron a competir entre sí, cada cual alardeando de sus propias virtudes y, cada vez que podían, tratando de rebajar los méritos de los demás.

El león rugió:
—Yo soy el animal más
fuerte que hay entre
las bestias y por lo
tanto debo ser salvado.

El elefante barritó:
—Yo soy el animal más
grande que existe.
Tengo la trompa más larga,
las orejas más grandes
y las patas más pesadas.

—Ser fuerte y pesado no es lo que importa—gañó el zorro—. Yo, el zorro, soy el animal más inteligente que existe.

—¿Y qué decir de mí? —rebuznó el burro—. Siempre he pensado que el más listo de todos soy yo.

—Al parecer, todo el mundo puede ser inteligente—refunfuñó el zorrino—. Pero yo soy el que huele mejor entre los animales. ¡Mi perfume es famoso!

—Todos ustedes gatean
sobre la tierra, pero
yo soy el único que
puede treparse a los
árboles—chistó el mono.

—¡El único!—rezongó
el oso—.¿Qué crees
que hago yo?

—¿Y yo?—parloteó la
ardilla, indignada.

—Pertenezco a la familia
del tigre—ronroneó el
gato.

—Soy primo del elefante—
chilló el ratón.

—Yo soy tan fuerte como
el león—gruñó el tigre—.
Y mi pelaje es el más
hermoso de todos.

—Mis manchas son mucho
más admiradas que tus
rayas—retrucó el
leopardo.

—Yo soy el mejor amigo del hombre—ladró el perro.

—Tú no eres su amigo. Sólo eres un servil adulador—aulló el lobo—. Yo tengo orgullo. Soy un lobo solitario y no adulo a nadie.

—¡Baa!—baló la oveja—. Por eso estás siempre tan hambriento. Nada das, nada recibes. Yo le doy al hombre mi lana y en cambio él me protege.

—Tú le das al hombre tu lana, pero yo le doy mi deliciosa miel—zumbó la abeja—. Además, yo fabrico un veneno para protegerme de mis enemigos.

—¿Qué es tu veneno comparado con el mío?— siseó la serpiente—. Además, yo estoy más cerca de la Madre Tierra que ninguno de ustedes.

—No tan cerca como yo—
protestó el gusano,
asomando la cabeza a la
superficie.

—Yo pongo huevos—cloqueó
la gallina.

—Yo doy leche—mugió
la vaca.

—Yo le ayudo al hombre
a arar la tierra—bramó
el buey.

—Yo llevo al hombre de
un lado a otro—relinchó
el caballo—. Y mis ojos
son más grandes que los
de todos ustedes.

—Tus ojos serán los más
grandes, pero sólo tienes dos,
mientras que yo tengo
muchos—musitó la mosca,
justo en la oreja del caballo.

—Comparados conmigo, todos ustedes son enanos—. Las palabras de la jirafa se oyeron a la distancia, pues estaba mordisqueando las hojas de la copa de un árbol.

—Soy casi tan alto como tú—chasqueó el camello—. Y además puedo viajar por el desierto días y días sin comer ni beber.

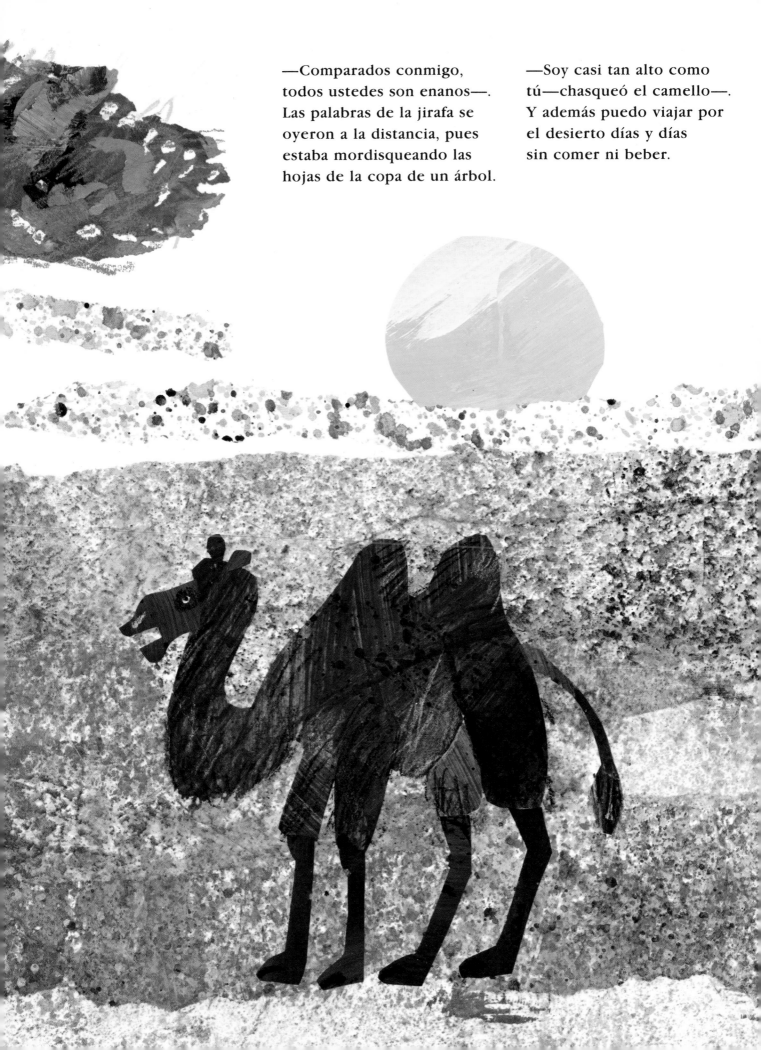

—Ustedes dos son altos, pero yo soy gordo—bufó el hipopótamo—. Y por cierto, mi boca es más grande que la de cualquier otro animal.

—No estés tan seguro—resopló el cocodrilo. Y bostezó.

—Puedo hablar como los humanos—remedó el loro.

—Tú no hablas de verdad, sólo imitas lo que oyes—cacareó el gallo.
—Yo sólo sé una palabra: ¡Cocoricó! pero es toda mía.

—Veo con mis orejas y
vuelo a puro oído—pitó
el murciélago.

—Con mis alas, yo canto—
chirrió el grillo.

Había muchas criaturas más, todas muy dispuestas a alabarse a sí mismas. Pero Noé había notado que la paloma se había posado en una rama, solitaria, sin tratar de hablar ni competir con los demás animales.

—¿Por qué estás tan callada?—le preguntó Noé—. ¿No tienes nada de qué jactarte?

—No creo ser mejor, más sabia, ni más atractiva que los demás animales—arrulló la paloma—. Cada uno posee algo que los demás no tienen, otorgado por Dios, quien nos creó a todos.

—La paloma tiene razón—dijo Noé—. No tienen por qué jactarse ni competir entre sí. Dios me ha ordenado que embarque en el arca a todos los tipos de criaturas vivientes, ganado y bestias salvajes, pájaros e insectos.

Al oír estas palabras, todos los animales se sintieron alborozados y olvidaron enseguida sus desavenencias.

Pero antes de abrirles la puerta del arca, Noé les dijo:

—Los amo a todos por igual, pero porque la paloma se quedó callada y fue modesta cuando el resto de ustedes se jactaban y discutían, la elijo a ella como mi mensajera.

Noé cumplió su palabra. Cuando cesaron las lluvias, envió a la paloma a volar por todo el mundo y traerle noticias de cómo estaban las cosas. Por fin, un día la paloma regresó con una hoja de olivo en el pico y así supo Noé que las aguas habían cedido. Cuando la tierra estuvo seca otra vez, Noé, su familia y todos los animales abandonaron el arca.

Después del diluvio, Dios prometió que nunca más destruiría la tierra por los pecados de los hombres y que el tiempo de la siembra y de la cosecha, del frío y del calor, del verano y del invierno, del día y de la noche, jamás cesaría.

La verdad es que en el mundo hay más palomas que tigres, leopardos, lobos, buitres y demás bestias feroces. La paloma es feliz sin vivir peleando.

Es el pájaro de la paz.

Original title: *Why Noah Chose the Dove*
Copyright © 1973 by Isaac Bashevis Singer
Pictures copyright © 1974 by Eric Carle
Spanish translation copyright © 1991
by Farrar, Straus and Giroux
All rights reserved
Library of Congress catalog card number: 91-43925
Published simultaneously in Canada by HarperCollins*CanadaLtd*
Printed and bound in the United States of America
Mirasol edition, 1992